Bernd-Lutz Lange

Es bleibt alles ganz anders

Deutsch-deutsche
Wunderlichkeiten

Mit Zeichnungen von Lothar Otto

Hohenheim Verlag
Stuttgart · Leipzig

Die Deutsche Bibliothek – CIP-Einheitsaufnahme

Ein Titeldatensatz für diese Publikation ist bei der Deutschen Bibliothek erhältlich

Satz und Reproduktionen: Hahn Medien, Kornwestheim
Druck- und Bindearbeiten: Wilhelm Röck, Weinsberg
Printed in Germany
ISBN 3-89850-021-7

Inhalt

Dähr Sozialismus siechd!

Erinnerungen an die DDR

Rückblick

Mit Sächsisch läßt sich kein Pathos herstellen.

Sie wissen – die vielen weichen Konsonanten!

Die Nazis mochten Sächsisch nicht. Verboten sogar entsprechende Dialektkomiker in den Cabarets und Varietés. Es war ihnen vermutlich irgendwie unheimlich.

Sächsisch demontierte akustisch.

Wie klingt das auch. „Heil Hiddlorr!" oder „Gugge ma da – dorr Fiehrer!"

Das heißt aber nicht, daß es in Sachsen weniger Nazis gab . . . Die mußten sich eben am sprachlichen Lederriemen reißen. Noch was Schönes: In Sächsisch lassen sich auch schlecht Befehle geben! Wie hört sich denn das an?: „Gommbahnie gährd!" oder „De Oochn rächds!"

Das heißt aber nicht, daß es in Sachsen weniger Militär gab . . . Nach dem Krieg gab es neuen Zoff mit dem Sächsischen. Der erste Mann des Staates im Osten pflegte einen unüberhörbar Leipziger Dialekt. Nun argwöhnten die Funktionäre, wenn auf einer Kabarettbühne Sächsisch auftauchte, es handele sich um eine Parodie auf unseren geliebten Staatsratsvorsitzenden!

Durch die DDR erlitt das Sächsische die meisten Sympathieverluste. An die Mauer stellte man natürlich möglichst keine Berliner. Wo mancher von dort das Haus der Tante sah! Nein, man holte die Grenzer aus der dichtbesiedeltsten Gegend der DDR – aus Sachsen!

Deshalb bekam der Grenzer und der „Vohboh" das Image des Sachsen an sich, deshalb lachte das ganze Land über die berühmte „Gänsefleisch-Frage" des Uniformierten: „Gännse fleisch ma Ihrn Goffr offmachn!?"

Aber das Sächsische war zu sozialistischen Zeiten auch der subversivste Dialekt des Landes, denn wo noch klang die bedeutendste Losung der Republik so doppelbödig: „Dähr Sozialismus siechd!" Das heißt aber nicht, daß es in Sachsen weniger Genossen gab . . .

Neben dem Toten fand man die Mordwaffe: ein Schlagwort.

Unsere Tageszeitungen druckten zwar keine Satiren, aber sie lieferten täglich den Stoff dazu.

Weil der Apparat funktionieren sollte, mußten Menschen dran glauben.

„Ich werde mein Wissen verdoppeln“, sagte die Null.

Erinnerung an den Rat des Bezirkes

Schritte hallten auf dem Gang. Jede Tür ein mögliches Ziel. Abteilungsschilder. Namensschilder. Namen von Menschen, die außer Haus, zum Lehrgang, krank waren, Urlaub hatten, Haushaltstag, Kohlen kriegten, Schrankwände.

Hinter einer Tür feuerte eine Schreibmaschine.

Der schwarze Piktogramm-Mann zeigte für alle Fälle den Fluchtweg an.

Ein Blatt Papier schwebte an einer manikürten Hand über den Korridor.

Ein Mann mit Schwung plauzte die Tür. Die Pedanten und Resignativen klinkten.

Ein Genosse der Zivilverteidigung, klein und schlüsselgewaltig, schleppte einen Sack Erdnußflips in seinen Bau. Die einzige Tür auf dem Gang, die aus Sicherheitsgründen außen keine Klinke besaß. Drei Damen verließen hastig den Raum: Der Stab war durch den Kauf von Erdnußflips lahmgelegt.

Wenn das damals der Gegner gewußt hätte!

Der Kunde war nicht König, sondern Bettelmann.

Wenn das mit der Obst- und Gemüseversorgung im Land so weitergegangen wäre, hätte man zukünftig die Stilleben aus den Museen entfernt.

Weinselig in der DDR: selig, einen Wein zu bekommen.

Jeder wollte etwas kriegen, was es nicht gab.

Welch ein Land!
Was wir uns alles leisten konnten!
Zum Beispiel Diplomingenieure, die Freitag vormittag beim Bäcker anstanden!

Im Sozialismus, so wurde immer wieder behauptet, ist der Mensch dem Menschen kein Wolf mehr.
Richtig!
Hier mußtest du Fuchs sein!

„Man muß“, meinte der Redner, „die Realität immer wieder an der Wirklichkeit überprüfen!“

Als der Stein seines Denkanstoßes ins Rollen kam, brachte er sich rechtzeitig in Sicherheit.

Dinge hatten wir genug.
Uns fehlten die Worte.

Die DDR war sehr musikalisch.
Man bildete ständig Komponisten für Zukunftsmusik aus.

Im Nachtrab waren wir den anderen voraus.

Das farbigste an vielen Fassaden war das Grün in der Dachrinne.

Bei uns hatte jeder sein tropfendes Dach überm Kopf.

Wie soll ich denn wissen, ob mich die Bardot geliebt hätte, wenn ich nicht nach Paris durfte!?

„Wir ringen um eine sozialistische Lebensweise."
Dabei boxte man sie durch.

Welten

Im April 1983 war ich mit dem Kabarett „academixer“ zu einem Gastspiel an der Trasse, jener Erdgasleitung, die in der Sowjetunion auch mit Hilfe von Spezialisten und Arbeitern aus der DDR gebaut wurde.

Unvergeßlich ist mir ein „Dorfkonsum“ in der Ukraine geblieben. Nur wenige Waren. Ein Regal voller Kernseife. Der Geruch dieser braunen Kernseife füllt den Raum, schlägt mir wie eine Wolke entgegen, nimmt mir den Atem.

In einer Ecke des Raumes ein bescheidenes kosmetisches Angebot: Parfümdüfte, die man von den sowjetischen Frauen kennt, wenn sie sich fein gemacht haben und durch unsere Städte spazieren. Mit Namen wie „Tiefer Baikal“ oder so.

Schwer und süß.

Plötzlich protzt mir im Regal ein Rasierwasser in attraktiver Verpackung entgegen: ONE MAN SHOW.

Das paßt in den ukrainischen Dorfkonsum wie eine Perle an einen Trainingsanzug.

Wie kam das hierher?

Auf der Schachtel die Namen dreier Weltstädte, ich glaube Mailand, Paris und London. Der Glanz der großen weiten Welt in diesem kleinen dürftigen Ort: ONE MAN SHOW.

Ich stellte mir einen Mitarbeiter des Außenhandels in einer Pariser Nachtbar vor. Zwischen leichtbekleideten Mädchen und Champagner wird der Vertrag gefeiert, der die Lieferung Tausender Flaschen dieses Rasierwassers für die Sowjetunion besiegelt. In Moskau wurden sie über das weite Land verteilt, und so landeten auch ein paar Flaschen des teuren After Shave in diesem Dorf.

Ein alter Mann schlurft durch den Raum und würdigt die glänzende Schachtel nicht eines Blickes.

Im Sommer desselben Jahres durfte ich dann zum ersten Mal nach „draußen“. Und gleich in die Schweiz! Hatte Mühe, die Fülle zu ordnen, von allem einfach zu viel.

In der Kosmetikabteilung eines großen Kaufhauses, zwischen Duftwässern aus aller Welt, steht plötzlich der Star wieder an der Regalrampe: die ONE MAN SHOW!

Und gleich riecht es nach Kernseife!

Angebot und Nachfrage

Das Einkaufszentrum GLATT in Zürich ist wohl eines der ganz großen in Europa.

Mit meinem Freund Urs stehe ich in der Molkereiwaren-Abteilung vor einem Regal mit 50 Sorten Joghurt.

Vielleicht auch 100.

Wozu soviel Joghurt?

Ich denke an zu Hause und wünsche mir fünf. Aber die immer. Montags und auch im November.

Eine Frau läuft suchend an dem Regal entlang. Schließlich gibt sie entnervt auf und holt sich den weißbekittelten Abteilungsleiter heran.

Sie stellen fest, daß zwar der Heidelbeerjoghurt von Rätzli, Spätzli, Mätzli und Schnetzli da ist, aber der von Schnutzli fehlt.

Und im Angesicht von 50 oder 100 Sorten Joghurt sagt die Frau zu dem Mann, im besten Schweizerdeutsch natürlich:

„Und sonst haben Sie nichts?"

Da begann ich zu verstehen, wie der Terrorismus entstanden ist.

Keine Ahnung

Als ich das erstemal bei McDonalds war, kaufte ich mir eine kleine Milchpackung.

Rechteckig, platzsparend, transportfreundlich.

Ich nahm mir einen Strohhalm, der bei uns Plastetrinkröhrchen hieß, obwohl er seit ewigen Zeiten nicht mehr aus Stroh besteht, aber trotzdem von den Älteren noch so genannt wird.

Am Tisch versuchte ich, das Röhrchen durch die dafür vorgesehene Stelle an der Verpackung zu drücken. Ein konfettigroßes Alufolienstück war zu sehen.

Für den Halm. War doch klar. Aber ich kriegte das Röhrchen nicht durch!

War ich denn zu blöd? Ich denke, im Westen klappt alles!

McDonalds jedenfalls versagte auf der ganzen Halmlinie! Die vorgestanzten Stellen waren kleiner als der Durchmesser der Trinkröhrchen!

Bei einem Rundblick sah ich, daß mich noch niemand in meinem Dilemma ertappt hatte. Mein Durst wurde auch nicht geringer! Schließlich wendete ich Gewalt an, und mit einem Knick war der Halm hin.

Nun fingerte ich an der Packung herum, um eine Stelle zu finden, wo ich ein Loch hineinreißen könnte. Meine Finger stießen auf eine Folie. Unten war ein kleines Trinkröhrchen an die Verpackung geschweißt. An einem Ende abgeschrägt. Mit ssssst sauste es durch die Folie.
So war das, wenn man aus einem Entwicklungsland kam.

Wörtlich genommen

Der Begriff Volksdemokratie war ein Kuriosum.

„Doppelt gemoppelt“, wie der Volksmund sagt. Genau übersetzt wäre das eine „Volksvolkherrschaft“.

Obwohl – dann stimmt's wieder: Ein kleines Volk herrschte über das große.

Erinnern Sie sich noch?

„Mit dieser Besuchserlaubnis hat sich der Besucher innerhalb zwölf Stunden nach Anreise bei der VP-Meldestelle zum Vergleich der Personalien einzufinden.
(§ 17 der Meldeordnung)

Dieser Besuch ist kurtaxpflichtig.“

Und brav tanzten wir alle innerhalb von zwölf Stunden dort an und ließen uns vergleichen.

Unglaublich

Wenn es die DDR ein paar Jahre länger gegeben hätte, dann wäre auch noch das Völkerschlachtdenkmal vom staatlichen Antiquitätenhandel nach dem Westen verkauft worden.

Das muß man sich mal vorstellen!

Das Völkerschlachtdenkmal!!!

Aber so, leider, steht's noch da.

Warteraum Erde

Die Juden warten auf den Messias. Die Christen warten, daß der Messias wiederkommt.

Kein Zufall, daß ausgerechnet der getaufte jüdische Atheist Karl Marx dem Warten ein Ende machen wollte.

Und propagierte die Erlösung des Menschen durch den Menschen.

Und nun ist erst recht Warten angesagt.

Weit weg

Bei einer „Rondfaard" auf den Grachten von Amsterdam lernte ich im August 1989 einen sympathischen jungen Mann aus Münster kennen. Als ich ihn fragte, ob er in der DDR Verwandte habe, antwortete er: „Ja, in Danzig."

Bonzenschleuder und Rennpappe

Was verbirgt sich hinter diesen beiden Begriffen?

Ja, liebe Leserinnen und Leser, wenn Sie nicht aus den neuen Bundesländern stammen und nicht wenigstens 30 Jahre zählen, dann können Sie mit diesen Wörtern nichts mehr anfangen. Es sind zwei Belege für die Kreativität des Volksmundes in der DDR. Schier unerschöpflich erfand er Namen für Dinge und Situationen des Lebens, originelle Bezeichnungen, die manchmal auch den Ansatz von Widerstand in sich tragen. Diese Wörter sind sozusagen die kürzesten politischen Witze, die es gibt.

Hinter der „Bonzenschleuder" steht der morgendliche Städteschnellverkehr der Deutschen Reichsbahn (die hieß tatsächlich noch so!), der diverse Leitungskader zu Besprechungen in die Ministerien brachte. Auch die Dienstwagen der SED-Funktionäre wurden mitunter so genannt.

Die „Rennpappe", das war der legendäre Kleinwagen „Trabant" vom VEB Automobilwerk „Sachsenring", wegen der Kunststoffkarosse degradierte ihn der sächsische Volksmund gnadenlos zur „Babbe“. Der „Trabbi“ regte die Phantasie der DDR-Bürger wie kein anderes Objekt an, Begriffe für ihn stehen an der Spitze mit etwa zwanzig Wortschöpfungen. Das reicht vom „Zwickauer Flüchtlingskoffer“ bis „Gehhilfe“, von „Carton de blamage“ bis „Sachsenporsche“, von „Arbeiter- und Bauern-Volvo“ bis „Mercedes Krenz“.

Die Fahrzeug-Situation war auf allen Gebieten mehr als desolat. Aus dem sowjetischen „Moskwitsch“ wurde so der „Rostquietsch“. Wer einen LADA besaß, war schon privilegiert. Das Auto wurde in der UdSSR als FIAT-Lizenz gefertigt und in der DDR deswegen „Kosakenmercedes“ genannt. Der unerwartete Import von 10 000 VW Golf in den achtziger Jahren verblüffte die Leute im Land nur kurz. Schnell war auch für diese Aktion eine Formulierung zur Hand: der „Golfstrom“.

Für das Heranholen von sehnsüchtig erwarteten Waren oder Baumaterialien aus anderen Orten hatte sich manch einer an seinem Auto eine Hängerkupplung anbringen lassen, die der Volksmund sehr treffend „Hamsterhaken“ taufte.

„Engpässe“ oder „Versorgungslücken“,

so die Sprache der Funktionäre, prägten zu allen Zeiten das Leben in der DDR.

Im Prinzip war das ganze Land ein einziger „Engpaß".

Bis in die sechziger Jahre kam es auch immer wieder zu Versorgungsschwierigkeiten mit selbst so wichtigen Lebensmitteln wie Butter. Deswegen nannte sie der Volksmund in „Kapitalistischer Brotaufstrich" um. Die Margarine im Land wurde aus gutem Grund mit den drei Großbuchstaben „BBB" abgekürzt: „Backen-Braten-Bohnern".

Bis zum Ende der DDR waren Südfrüchte absolute Mangelware. Apfelsinen gab es zumeist nur in der Weihnachtszeit. Deshalb erhielt die Apfelsine von den DDR-Bürgern den schönen Namen „Jahresendfrucht". Hinter dem „Dreifarbenfisch" verbarg sich wiederum der Aal. Warum? Ganz klar: „Grün gefangen, braun geräuchert, schwarz verkauft."

In den siebziger Jahren stieg der Kaffeepreis auf dem Weltmarkt. Der chronische Devisenmangel veranlaßte die Parteiführung, eine besonders ungeliebte Mischung von Original- und Ersatzkaffee zu produzieren. Und das ausgerechnet in dem Land, in dem die Kaffeesachsen wohnten! Der „Kaffee-Mix“ wurde sofort in „Erichs Krönung“ umbenannt, in „Mokkafuck“ oder „Bohnenlose Gemeinheit“.

In jene Zeit fiel damals die Nachricht der Produktion von amerikanischen Neutronenbomben, bei denen Leben zerstört, aber Bauten und Dinge erhalten blieben. Flugs griff dies der Volksmund auf und schuf in der Art des schwarzen Humors die Version von „Neutronen-Kaffee“: „Der Mensch geht kaputt, die Tasse bleibt heil!“

In der DDR wandelte sich mitunter die Kaufhalle zum „Pornoshop“ um. Die Erklärung: Wegen fehlender Ware gab es darin „nackte Schaufenster“ und „entblößte Regale“.

Vor den Geschäften bildeten sich bei der Anlieferung von Waren jeder Zeit Schlangen von Kaufwilligen, solch eine Gruppe hieß dann „Sozialistische Wartegemeinschaft“. Nur in der Hauptstadt Berlin war die Versorgung immer besser. Kein Wunder, daß die Stadtgrenze von Ostberlin zur DDR als „EDV“ bezeichnet wurde: Die drei Großbuchstaben stehen hier für „Ende der Versorgung“.

Die Stadt Dresden und ein Teil des ehemaligen Bezirks konnten wegen der ungünstigen geografischen Lage keine West-Programme im Fernsehen empfangen. Die Leute wurden sowohl bedauert als auch belächelt, schließlich wohnten sie im „Tal der Ahnungslosen“.

Die kleine Wohnung im Neubaublock, in der berühmt-berüchtigten Plattenbauweise, das war das „Arbeiterschließfach“.

Auch die Genossen vom Staatssicherheitsdienst dekorierte das Volk mit diversen Begriffen. Die Stasi war die „Firma“, der „Konsum“, die „Innere Mission“ oder der „VEB Horch und Guck“. Und wenn die unauffällig auffälligen Herren, die „Sicherheitsnadeln“ bei Festen oder Demonstrationen vor allem in der Nähe von Ehrentribünen mit einem kleinen Regenschirm in der Hand für eine störungsfreie Durchführung sorgten, dann stand dort die „Knirpskolonne“.

Besonders unbeliebt war logischerweise bei den jungen Männern die Zeit in den grauen Uniformen bei der „Nationalen Volksarmee“. Deshalb wurde die NVA auch die „Asche“ genannt. Oder „VEB Gleichschritt“. Viele Jahre war Armeegeneral Heinz Hoffmann Chef der Truppe, deswegen befehligte er aus Volkes Sicht „Hoffmanns Trachtengruppe“. Besonders eifrige Genossen, die vorzeitig befördert wurden, nannten die Soldaten „Frühgurke“ oder „Radfahrer mit goldener Klingel“. Der Stahlhelm war der „Knitterfreie“, billige Mettwurst „Panzerfett“, und die Angehörigen der Panzertruppen hießen „Rüsseltraktoristen“.

Die DDR war „das Land der begrenzten Unmöglichkeiten“, ein DDR-Bürger, ein „Russe de luxe“, die Landeswährung nannte man „Alu-Chips“ oder „Spielgeld“. Und manch einer ließ konspirativ erkennen, daß er für eine besondere Handwerker- oder Versorgungsleistung „Blaue Fliesen oder blaue Kacheln“ sehen wollte, „Bunte“ oder ein „Dürer-Bild“. Damit waren D-Mark gemeint.

Das SED-Parteiabzeichen, das am Jackett getragen werden mußte, klebte als „Bonbon“ am Revers. Die Nähe zum Stoff brachte ihm auch den Namen “Webfehler“ ein. Seine Form deutete auf eine „Existenzellipse“ hin.

Jeder wußte, wer sich in den Anfangsjahren der DDR hinter dem „Spitzbart“ verbarg: der unbeliebte Staats- und Parteichef Walter Ulbricht. Da er gern im Erzgebirge Ski lief, nannte ihn der Volksmund bald die „Fichtelbergziege“. Margot Honecker, die Ministerin für Volksbildung, wurde zur „Miß Bildung“ und der Chefkommentator des DDR-Fernsehens, Karl-Eduard von Schnitzler, zum „Sudel-Ede“. Egon Krenz war „Erichs Ziehkind“ oder der „Älteste Jugendliche der DDR“.

Parteifunktionäre redeten vor allem viel, und so traf die Bezeichnung „Mundwerktätiger“ ins Schwarze, dem Sekretär für Agitation und Propaganda wurde ein besonderer „Ehrentitel“ verliehen: „Nebelwerfer“.

Früh merkten die Menschen im Land,

daß beim Sport nicht alles mit rechten Dingen zuging, und so wurden Dopingvermutungen mit dem Begriff „Spritzensportler“ markiert.

Die sogenannten Volkswahlen, bei denen nur über die zwei Zahlen hinter dem Komma gewettet wurde, die 99 davor stand schon fest, diese Wahlen gerieten in einer Mischung von Zorn und Fatalismus zur „Zettelfaltveranstaltung“.

Von den Arbeitern stammt ein Begriff für die aufgeblähten Verwaltungen der sogenannten sozialistischen Großbetriebe; der „Wasserkopf“ bezog Quartier in der „Faultierfarm“. Dort saßen die „Lackschuhe“.

Das Wort „Smog“ gab es in der DDR nicht. Es wurde tunlichst vermieden, auf Schädigungen der Natur durch die Industrie einzugehen. Der Volksmund umschrieb deshalb den Smog mit „Sozialistischer Industrienebel“.

Auch die Landwirtschaft brachte einen schönen Begriff in den Fundus mit ein: Der Besamungstechniker in der Tierzucht reiste in die Ställe als „Rucksackbulle“ an.

Vorträge zur ideologischen Ausrichtung wurden medizinisch umschrieben: „Rotlichtbestrahlung“, bei Lehrgängen kam es zur „Runderneuerung“.

Zwei Wörter aus dem innerdeutschen Verkehr sollen nicht vergessen werden: Die Transitzüge von der Bundesrepublik nach Westberlin nannten die DDR-Bürger wegen der strengen Kontrollen „Zitteraal“, und als endlich wenigstens die Rentner ihre Verwandten in der Bundesrepublik besuchen durften, mutierte der Zug der Deutschen Reichsbahn zum „Mumienexpress“.

Im Jahr 1989 war es dann endlich so weit. Der Volksmund konnte die Produktion von Wortschöpfungen, zu denen ihn der „real existierende Sozialismus“ angeregt hatte, bald einstellen. Als die Volksrepublik Ungarn am 10. September des Jahres ihre Grenze zu Österreich öffnete und damit vielen DDR-Bürgern die Flucht in den Westen ermöglichte, war das für die Menschen zwischen Suhl und Saßnitz der „Tag der Hinterbliebenen“, eine der letzten satirischen Formulierungen zum Leben im Osten. Glücklicherweise versanken die „Hinterbliebenen“ nicht in Trauer und Lethargie, sondern brachen auf und faßten Mut.

Die Tage der DDR waren gezählt.

Glücksfall

Vor Glück kann der Mensch bekanntlich auch wie gelähmt sein. Es liegt vor der eigenen Nase, das liebe Glück, aber man rafft sich nicht auf, es zu erhaschen! So ist es Menschen in der folgenden wahren Geschichte ergangen.

Ein Wintertag in der DDR. Auf einer glatten Straße kollidiert ein Langholz-Auto mit einem Lieferwagen, der glückseligmachende Intershop-Waren in seinem Inneren birgt.

Die begehrten bunten Packungen liegen mitten auf der Straße. Die Menschen an der nahe am Unglücksort befindlichen Haltestelle starren mit großen Kinderaugen auf die vor ihnen liegenden Schätze. Stehen angewurzelt wie alte deutsche Eichen.

Ein gerade des Weges kommender Junge hält dagegen kaum einen Moment inne. Während sich die Fahrer in die Haare kriegen, kippt er aus dem Ranzen seine Schulsachen in den Schnee und füllt sich seine schnell zum Nikolausstiefel umgerüstete Schultasche mit duplo, mon cherie und Mars!

Dieser Junge hat später die Wende bestimmt gut überstanden!

Bukarest Transit

Im Frühjahr 1989 geschah ein Wunder.

Auf Einladung des Verbands ehemaliger Leipziger durfte ich nach Israel reisen – zu einem Vortrag in Tel Aviv und zu Recherchen über das Schicksal jener Familien aus der Messestadt. In Bukarest stieg ich um, hatte dort Aufenthalt und wollte deshalb einige Scheine der rumänischen Landeswährung in der Tasche haben. Es ist heute unvorstellbar, welche Mühe es kostete, auf der Staatsbank der DDR für einen Aufenthalt auf dem Flughafen Bukarest ein paar Lei zu ergattern. Aus meinem Visum ging der Transit nicht hervor und so mußte ich mit drei Angestellten das Problem erörtern, derweil die Schlange hinter mir wuchs und grimmig dreinblickte. Die letzte Bankfrau war eine Abteilungsleiterin mit Resten von Humor, und sie lachte schließlich über meine Frage: „Sagen Sie mir doch einen vernünftigen Grund, warum ich ausgerechnet scharf auf Lei sein sollte, wenn ich nicht tatsächlich in Bukarest Transitreisender wäre?“

Das überzeugte sie.

Ich brauchte das rumänische Geld

unbedingt, denn ich hatte mir für die Zeit auf dem Flughafen geschworen: diesem System keinen Westgroschen!

Mir war, ehrlich gesagt, schon etwas mulmig, ausgerechnet mit TAROM von Berlin über Bukarest nach Tel Aviv zu fliegen, aber es war nun mal die einzige Fluglinie, die ich mit DDR-Geld bezahlen konnte.

Meine Bedenken gingen vor allem auch in jene Richtung, daß ich mir sagte, warum sollen ausgerechnet die rumänischen Flugzeuge besser fliegen, als dort die Wirtschaft funktioniert...

Als ich in Berlin auf das Flugzeug zuging, sagte neben mir ein Mann mit Blick auf die Propellermaschine: „Ah, Musäum!" Der Geräuschpegel entsprach etwa einem Sitz im Triebwerk. Die Stewardessen waren nett, und ich kam mir arrogant vor, als ich das blasse, sehr merkwürdig aussehende Hühnerbein verschmähte, die durchs Papier ranzig riechende Butter liegen ließ und nur den Käse aß.

Neben mir saß ein nettes Westberliner Pärchen, das mit einem Billigflug über die rumänische Hauptstadt nach Griechenland reiste. Als wir schließlich am Abend Bukarest anflogen, war es dort so duster, als würden wir ein Rübenfeld ansteuern. Vielleicht war gerade wieder einmal Stromsperre.

Die Düsternis ging im Gebäude weiter. Überall fehlten die Neonröhren, oder sie waren defekt, nur etwa die Hälfte brannte. Es gab ein Riesengedränge im zu kleinen Ankunftsraum, eine beklemmende Atmosphäre.

Ich wollte mich über den Abflug informieren, fand im ersten Stock einen Fernsehapparat, auf dem ein zitterndes Bild über die nächsten Flüge informierte. Ich hatte noch Zeit. Nun war mir sehr nach einem Bier, und ich zückte meine in Leipzig erkämpften Lei. Leider mußte ich zur Kenntnis nehmen, daß es Bier nur gegen frei konvertierbare Währung gab, für Lei bekam man lediglich Kaffee und einen Wein, dem ich schon von weitem zutraute, daß darin vor lauter Süße der Löffel stehen würde. Es stellte sich also jene Frage, die Lenin schon seinerzeit beschäftigt hatte: „Was tun?" Einerseits hatte ich mir ja geschworen, Herrn Ceaucescu keinen Westgroschen in den Rachen zu werfen, andererseits quälte mich aber auch ein stattlicher Bierdurst...

Ich spielte mit den D-Markstücken in meiner linken Hosentasche und wurde von Minute zu Minute wankelmütiger.

Da half mir der junge Mann aus dem Flugzeug aus der Patsche. „Stell dir vor, ich bekomme an diesem Stand für meine Freundin keinen Kaffee für D-Mark, da kann man nur in Lei bezahlen. Wir haben aber keine!"

Das war mein großer Auftritt.

Mit gönnerhafter Geste holte der chronisch devisenschwache Ost-Mensch aus Leipzig ein paar Lei aus der Hemdentasche und drückte sie dem Westbruder in die Hand: „Da, mein Freund, hol dir den Kaffee, ich kriege dafür an dem anderen Stand für Lei kein Bier." Nun war es wiederum ihm eine Freude, mir ein paar D-Mark zu geben, damit wir auf unsere deutsch-deutsche Flugbekanntschaft anstoßen konnten.

Und auf diese Weise tauschte ich auf dem Bukarester Flughafen die ansonsten wertlose rumänische Landeswährung zu einem schwindelerregenden Kurs in harte Devisen!

Streiflichter aus der DDR oder Was Historiker vermutlich nicht erwähnen würden

Bekannte von uns wohnten im Leipziger Süden in einem Haus, in dem sich die Toilette noch auf dem Hof befand.

Kalte Winter waren natürlich hart für die täglichen Bedürfnisse. Vor allem dann, wenn das Wasser einfror und das WC nicht mehr benutzbar war.

Und was taten dann die beiden Genossen, wenn die Not am größten war? Sie verrichteten ihre Notdurft ins ausgebreitete ND (für westliche Leser: das SED-Zentralorgan „Neues Deutschland“) und trugen das Päckchen in den Abfallcontainer.

Um beim Thema zu bleiben: Als ich auf einem Transit-Parkplatz an der Autobahn zu ersten Mal vor der blitzsauberen Toilette aus Edelstahl stand, dachte ich, ich pinkele in eine Spüle.

Wenn ich mir vorstelle, tatsächlich erst mit 65 Jahren Paris zu sehen ... und der Arzt hat mir inzwischen vielleicht den Rotwein verboten, dann, dachte ich – unter diesen Umständen: Scheiß-Paris!

Die Wunder der DDR-Ökonomie.
Es gab auch einen Rückexport!
Exportierte Produkte, die dringend im Land benötigt wurden, kaufte man gegen Devisen zurück!
Dagegen waren doch die Schildbürger Waisenkinder!

Wenn in der vormilitärischen Ausbildung auf Pappkameraden geschossen wurde, mußte doch die Frage erlaubt sein, was daran vor-militärisch sei!?

Die Wende

Oktober 89

Alle Eingaben hatten nichts genutzt.
Wir mußten etwas größer schreiben.
So entstanden Transparente.

Partei und Konterrevolution

Plötzlich riefen die antisozialistischen Elemente, Rowdys und bezahlten Rufer des Klassengegners. „Wir sind das VOLK!“

Mit allem hatte das Politbüro gerechnet, aber wer denkt denn an so was!

Als es sich von seiner Sprachlosigkeit erholt hatte, beriet die Parteiführung – demokratisch bis auf die alten Knochen –, ab wieviel Menschen das Volk beginnt.

Da sie aber nicht zwei und zwei zusammenzählen konnten, gaben sie auf.

Der Charakter

Die Oktoberrevolution von 1989 war eine zutiefst deutsche.
Tagsüber arbeiten.
Und abends demonstrieren!

Ein Wunder

Unerklärlich, daß bei der ständigen angespannten Versorgungslage im Land, bei der unglaublichen Masse von Transparenten in den Demonstrationen in Leipzig nicht die Besenstiele zum Engpaß wurden!

Revolution in der Familie

In Leipzig wurde erzählt, daß ein Mann der Staatssicherheit seiner eigenen Frau ein Transparent entriß.

Er habe sie im Eifer gar nicht erkannt.

In dieser Minute hatte er die Scheidung vollzogen.

Selbst mit aller Macht war die Ohnmacht nicht zu retten.

Beim Aussprechen der Wahrheit überkam ihn immer ein unbeschreibliches Schwindelgefühl.

Enttäuschung: Er dachte immer, Denunziant wäre etwas Besseres als Verräter.

Wenn die Macht wechselt, fallen viele Staatsbegräbnisse aus.

Markige Sätze

Ein Spruch kann die Entwicklung der Geschichte enorm beeinflussen. Als man in Bonn vernahm, daß die Demonstranten auf den Straßen der DDR riefen: „Kommt die D-Mark, bleiben wir! Kommt sie nicht, gehn wir zu ihr!“ – da hatten wir quasi das Westgeld schon in der Tasche!

An diesem Beispiel sehen Sie die Gewalt des gereimten Wortes!

Vorsichtshalber

Es war einmal ein Mann, der leitete so recht und schlecht einen großen Betrieb mit anderen Männern, die sich Bereichsleiter nannten. Einer hieß Parteisekretär.

Aus einer Zentrale in Berlin erhielten sie ihre Anweisungen, die sie nach unten durchstellten.

So ging es viele Jahre.

Dann kam der September 1989.

Der Mann empörte sich über Demonstranten und sagte, daß die Straße kein Platz wäre, um Probleme zu lösen! Sie mögen nur alle gut arbeiten!

Im Oktober siegten die Menschen auf den Straßen.

Im November schloß sich der Mann drei Tage in seinem Büro ein und war für niemanden erreichbar. Dann trat er aus dem Zimmer: ein überzeugter Anhänger der freien Marktwirtschaft!

Er fand Partner im anderen Teil des Landes. Die Bereichsleiter und der Parteisekretär hießen nun bald Gesellschafter.

Es gab wieder eine Zentrale mit Anweisungen, die sie nach unten durchstellten.

Von den 500 Mitarbeitern wurden dreihundert entlassen.

Vorsichtshalber vor allem die ehemaligen Demonstranten.

Überwältigend

Aus meinem Vitaminbasar, in dem ich zwischen Rot- und Weißkraut wählen konnte, ist über Nacht ein Obst- und Gemüse-Center geworden.

Das Paar hinter der Ladentafel sucht sogar eine flexible Arbeitskraft!

Ich hätte nie geglaubt, daß die wissen, was das ist!

Und nun dieses Angebot!

Das Obst!

Das Gemüse!

Sie haben sogar Joghurts mit rechtsdrehender Milchsäure!!!

Und nebenan, der Blumenladen, in dem es so selten Blumen gab, der quillt über von Blüten aller Farben und heißt jetzt flower-shop. Und ich kaufe dort gern einmal einen Strauß – wenn er wieder Blumenladen heißt!

Verpaßt!

Wenn ich gewußt hätte, daß aus der DDR nichts weiter wird, als die Bundesrepublik, da hätte ich auch vor zehn Jahren abhauen können!

Da wäre ich schon weiter!

Da hätte ich vielleicht schon eine Rolle in „Liebling Kreuzberg" gekriegt!

Als sächsischer Blumenverkäufer.

Dynamisch

Ich kenne einen Genossen, der im Januar 1990 aus der Partei ausgetreten ist.

Der hatte schon zwei GmbH's gegründet, da war bei dem der Muskelkater von der letzten Kampfgruppenübung noch gar nicht aus den Gliedern!

Rückblick

Die Sieger der Revolution sind nicht die Gewinner.

Überlegung

War die Wende wirklich eine?

Lassen Sie uns das ein wenig genauer betrachten.

Die Ostdeutschen kamen 1945, wie alle, aus einer über hundertjährigen kapitalistischen Geschichte.

Die neuen Führer wollten nun in der DDR den Sozialismus aufbauen. Das wurde dann aber auch einer!

Man hätte ihn erst in der Wüste aufbauen sollen. Sie wissen, was dann passiert wäre . . .? Zunächst gar nichts, und mit der Zeit wäre der Sand knapp geworden.

Im Herbst 1989 beendete die Bevölkerung der DDR den 40jährigen direkten Versuch mit Menschen.

Das war der Wendepunkt.

Es ging zurück zum Kapitalismus.

Also war die Wende tatsächlich eine.

Hier und heute

Als ich in einer Runde Witze aus der DDR erzählte, meinte ein Zuhörer lachend: „Ach, war das eine schöne Zeit . . . für Witze!“
Aber deswegen die DDR zurückhaben wollen – da hört der Spaß auf!

Früher mußten wir das „Kapital“ nur lesen, aber nun ist es da!

Die neue Zeit ist angebrochen.
Wer schient sie?

„Ich will vorwärts kommen“, sagte das Quadrat, „ich will in bessere Kreise!“

Alles Zufall

Im Nachkriegsdeutschland ist alles total zufällig gelaufen. Es hätte auch ganz anders kommen können.

Stellen Sie sich doch einmal vor, die Russen wären in den Westen gekommen (über die Ostsee leicht möglich), und die westlichen Alliierten hätten den Osten von der Tschechoslowakei aus besetzt. So gäbe es im Westen eine große DDR und im Osten eine kleine Bundesrepublik!

Sie können mir noch folgen!?

Nehmen wir weiterhin an, im Herbst 1989 hätte dort eine Revolution stattgefunden ... also ... im Westen ... wo die DDR ist ... Dann wären wir unter anderem Augenzeuge von folgenden Ereignissen geworden: Der Feriensitz des Politbüros, die Insel Helgoland, ist wieder für den Tourismus frei gegeben.

In Wolfsburg wird die Trabant-Produktion eingestellt.

Spezialisten demontieren im Bodensee die Unterwasser-Sperranlagen.

Die Lübecker kaufen in den Geschäften zum ersten Mal den städtischen Exportschlager Marzipan.

Die Deutsche Bank baut als erste in Frankfurt am Main.

Karl-Marx-Stadt erhält wieder seinen alten Namen Trier.

Und die HO-Gaststätte „Freundschaft“ in München heißt ab sofort wieder „Hofbräuhaus“!

Allergisch

Ja, wir Menschen werden immer allergischer.

Und der Osten holt auf!

Unsere Brüder und Schwestern in den alten Ländern waren uns in Sachen Allergien weit überlegen! Aber wir haben – wie fast überall – nachgezogen. Kaum fliegen irgendwelche Pollen und Samen durch die linden Lüfte, leiden viele Menschen darunter. Wenn Sie zum Beispiel wegen der Birkenpollen Probleme kriegen, dann bekommen sie vielleicht sogar vom Arzt auf Rezept eine medizinisch begründete Einschlaggenehmigung.

Aber nicht nur, daß Menschen die erwachende Natur nicht verkraften und ein an sich entspannender Spaziergang über eine Wiese zu einer Martertour gerät. Nein, einige vertragen inzwischen auch die duftenden Früchte aus dem sonnigen Süden nicht.

Und nun kommt's: Gerade bei uns Ostdeutschen, die wir vierzig Jahre die Apfelsine zumeist nur einmal in zwölf Monaten als Jahresendfrucht kennengelernt haben, gibt es nun Allergiker gegenüber Apfelsinen! Und auch bei anderem, seinerzeit heiß begehrten und erträumten Edelobst, stellen sich nach dem Verzehr diverse Beschwerden ein. Nun liegen die schönen Dinge in jeder Kaufhalle herum, und manch Genießer kann sie nicht mehr genießen! Welch Konsum-Tragik!

Absurderweise stellt sich für einige Menschen heraus: Es war für ihre Gesundheit geradezu vortrefflich, daß die devisenarme DDR so mangelhaft das Land mit Südfrüchten versorgt hat. Ein Segen! Der ungespritzte DDR-Durchhalte-Apfel, der uns über den Winter brachte, der berühmte „Gelbe Köstliche", den wir spätestens ab Februar nicht mehr sehen konnten und deshalb auch „Gelben Gräßlichen" nannten, der hatte eben zumindest einen großen Vorteil: Er brachte uns keine Allergie.

Nun stopfen wir seit der Wende mit vielen erträumten Lebensmitteln auch die Konservierungsmittel in uns hinein, und der Körper rebelliert. Und so ergibt sich für manche die verrückte Situation: Jetzt, wo sie könnten, können sie nicht!

Ich selbst war in der DDR, wie so viele, nur gegen unsere Politiker allergisch. Und ich war hoffnungsvoll, als die Ursache dafür gewaltlos im Keller der Geschichte verschwand. Ich hätte doch nie im Leben daran gedacht, daß sich diese Allergie jemals wieder bemerkbar macht! Pustekuchen! Schon nach kurzer Zeit kam das nervöse Hautjucken wieder, wenn ich so manche Rede im Bundestag hörte. Gibt es Hoffnung?

Nein, denn die Politiker juckt das überhaupt nicht!

Ich bin außer mir.
Darum gehe ich in mich.

Scheuklappen sind lediglich eine Sehhilfe.
Sie korrigieren den Blick nach vorn.

„Wir lassen nicht mehr alles auf uns sitzen“, sagten die Stühle und stellten das Stehen ein.

Der Wahrheit die Ehre geben, ist noch die einfachste Art, sie nicht zu sagen.

„Über Geschmack läßt sich streiten“, sagte der Kannibale.

Manche laufen ein Leben lang in Hemmschuhen herum.

Die meisten Menschen erleiden auf Land Schiffbruch.

Wer mit seinem Latein am Ende ist, sollte es mal mit seiner Muttersprache versuchen.

Wer seiner Zeit voraus ist, findet oft keine Gesprächspartner.

Manche bleiben gern in der Tür stehen.
Sie finden, ein Rahmen steht ihnen so gut.

Gesichter

Als ich plötzlich von Politikern regiert wurde, die ich nur aus der Tagesschau kannte, fragte ich mich manchmal beim Anblick der Gesichter: Was wäre aus diesen Leuten in der DDR geworden?

Sie werden es auch erlebt haben, wenn Sie zufällig in Wahlzeiten durch einen Ort in den alten Ländern fahren. Zumeist kann man schon am Foto sehen, welche Partei dieses Gesicht vertritt. Und man sieht sofort, dieser trockene Typ da auf dem Plakat am Wegesrand, der wäre Funktionär in der Stadtbezirksleitung Südwest gewesen.

Und die ganz oben?

Der Kohl?

Der Kohl wäre Kombinatsdirektor gewesen. Schwermaschinenbau. Sie hätten ihn im Fernsehen beim Messerundgang des Staatsratsvorsitzenden einmal kurz am Stand gesehen.

Volker Rühe hätte einen guten Sekretär für Agitation und Propaganda im Politbüro abgegeben.

Joschka Fischer wäre hundertprozentig im Zentralrat der FDJ gelandet.

Brandt wäre Ende der vierziger Jahre

nach dem Westen abgehauen und Brandt geworden.

Der Blüm: selbständiger Optikermeister.

Die Süßmuth: Direktorin einer polytechnischen Oberschule.

Der Waigel: Direktor vom VEB Schlachthof.

Der Genscher? Außenminister! Der kann nicht anders. Der würde überall Außenminister.

Der Kanther hätte einen hohen Posten bei den bewaffneten Organen gehabt. Streng geheim. Darf ich aus Sicherheitsgründen hier leider nicht näher ausführen.

Wir scheuen nicht die Opfer der anderen.

Die Unfähigkeit, das Passende zu sagen, hält sich zum Glück mit der Fähigkeit, das Unpassende zu antworten, die Waage.

Je perfekter die Fehleinschätzung, desto beharrlicher ihre Verteidigung.

„Haben Sie Kinder?"
„Na ja, irgend jemand muß das Zeug doch erben."

Der Zeitgeist: ein bestechliches Gespenst.

Die Menschheit benötigt viel mehr Witze, als ihr einfallen.

Das Schönste am Lebenslauf sind die Pausen.

Zuverlässiger als der Frühling ist nur die Bürokratie: sie treibt immer Blüten.

Auf Selbstbetrug gibt es immer Bewährung.

Ist es nicht furchtbar, wenn man sich Sekt leisten muß und lieber Bier trinken würde!?

Bei Neureichs hängen überall Raff-Gardinen.

Altmodisch

Ich bin altmodisch, das heißt also, ich hänge alten Moden nach. Nicht, daß ich mich wie mein Großvater kleide, nein, die unverwüstlichen Jeans gehören auch zu meinen Beinkleidern, aber ich bin trotzdem ein unmoderner Mensch, einer, der stur an bestimmten Traditionen festhält.

Wie zeigt sich das?

Nun zum Beispiel dadurch, daß es in meiner Wohnung vor dem Totensonntag keinen weihnachtlichen Schmuck gibt. In meiner Kindheit stellten sich übrigens sogar noch die Radiosender in ihrem Musikprogramm auf diesen Tag ein. Und es gab wegen des Gedenkens an die verstorbenen Familienmitglieder keine Tanzveranstaltungen in der Stadt. Einen Tag im Jahr verlebte man etwas anders, ruhiger, nachdenklicher.

Das würden heute viele Menschen nicht mehr aushalten!

Vermutlich gäbe es sogar Menschen, die ohne einen Tag Techno-Rhythmus mit Entzugserscheinungen in eine Klinik eingeliefert werden müßten.

Und so tönt aus den Dudelsendern das alltägliche Gedudel. Und den schwerhörigen und vermutlich vorzeitig aus den Schulen abgegangenen Jugendlichen wird innerhalb weniger Stunden einhundertmal gesagt, daß es sich bei den Liedern um Hits der letzten Jahrzehnte handelt, weil sie diese Information entweder sofort vergessen oder nicht verstehen.

Ich bin altmodisch.

Mich nervt, daß ich Anfang November schon einen weihnachtlich geschmückten Hauptbahnhof in Leipzig betrachten muß. Ich will das nicht! Ich bin nicht darauf eingestimmt.

Nun gibt es leider kein Gesetz, ab wann man die Stadt weihnachtlich schmücken darf. Ich würde eine entsprechende Initiative sofort unterstützen!

Im Sinne der Manager der Bahnhofs-Promenaden bin ich out. Und ich bin das gern! Ich will gar nicht in sein! Den verkaufswütigen Chefs fehlt die wichtigste Eigenschaft für das Weihnachtsfest: warten zu können. Nun tun sie so, als freuten sie sich, es uns weihnachtlich heimelig zu machen. Dabei sollten sie die Heuchelei lassen und ehrlicherweise den Weihnachtsbaum mit Geldscheinen, Schecks und Geldkarten schmücken.

In den Supermärkten tauchen inzwischen ab September die Lebkuchen auf. Der Schokoladenüberzug schmilzt bei der Anlieferung in der Sonne. Es sollen auch schon Menschen im Badeanzug mit Lebkuchen gesichtet worden sein.

Alles, was einmal etwas war, ist nichts mehr.

Ich bin altmodisch.

Ein Lebkuchen stimmte mit seinem würzigen Duft auf den ersten Advent und

die beginnende Weihnachtszeit ein. Vorfreude, schönste Freude . . . ja, aber heutzutage möglichst ab Sommerende!

Der Kalender wird umgestülpt. Künftig wird es vermutlich so ablaufen: Silvester bis Aschermittwoch ist Faschingszeit, wenn das letzte Konfetti weggekehrt ist, marschieren die Osterhasen in die Regale, die von den Weihnachtsmännern abgelöst werden!

Mich wundert, daß man sich bei den Adventskalendern bisher an den 1. Dezember hält. Es gibt noch Marktlücken! Wo bleibt der gefüllte adventliche Quartalskalender ab 1. Oktober!?

Sagt jemand: Versteh mich bitte nicht falsch, hab' ich garantiert richtig verstanden.

Ich würde ja nachgeben, wüßte ich, daß ich der Klügere bin!

Die besten Jahre des Lebens laufen davon. Die schlechten schleichen dahin.

Immer bestell ich die ganze Wahrheit – vertrag aber höchstens die Hälfte!

Es gibt Männer, denen ist kein Haar zu kurz, um es Richtung Stirn zu kämmen.

Angler sind die einzigen Menschen, die auf ihr Glück noch warten können.

Nie starb der Kapitalismus so stark wie heute.

Ein Hauch von vorbei

Ein Klingeln schrillt in den ruhigen Abend. Vor der Tür steht ein kleiner Mann mit listigen Augen. Der wünscht einen guten Abend. Eine schwarze Baskenmütze behütet den kugeligen Kopf. Er möchte nicht stören, aber er habe eine frohe Botschaft für mich.

„Ich bin der Inspektor K."

Ich erschrecke ein wenig. „Ihre Lebensversicherung ist abgelaufen!" Ich erschrecke noch mehr und bitte ihn herein. Hinkt er ein wenig, und riecht es im Haus nicht nach Schwefel?

„Sie bekommen jetzt Geld, Mann!"

Ich kann und kann mich nicht freuen.

Die Zwei-Klassen-Gesellschaft

In Deutschland gibt es zweierlei Menschen.

Nein, nicht Ost- und Westdeutsche! Nun verabschieden sie sich doch einmal von Ihren Klischees, nein, Deutschland teilt sich in zwei andere Lager, in eine Minderheit und eine Mehrheit, nein, nicht in Arme und Reiche, mein Gott, können Sie denn nur in Schablonen denken!

Ich meine jene, die in einer Talkshow reden, und jene, die zusehen.

Das ist unser Land.

Der mobile Mensch

Früher hatte ein Mensch, so er eine Visitenkarte besaß, eine Postanschrift und eine Telefonnummer darauf stehen. Das war's.

Vermutlich gibt es heute schon Sammler dieser alten kleinen Kärtchen. Sie deuten auf längst dahingeschwundene Zeiten, denn heutzutage sind auf dem kartonierten Papierchen viel mehr Zahlen als Buchstaben gedruckt: die Telefon-, Fax- und Handy-Nummer sowie diverse Mail-Adressen. Ein einziger Zahlensalat!

Ich selbst hinke der Zeit hinterher, besser gesagt – ich flaniere ihr hinterher, denn ich besitze kein Fax und leiste mir für alle schriftlichen Informationen den uralten traditionellen Postweg.

Fällt das inzwischen schon unter Luxus?

Bei den Postgebühren könnte man das so einordnen.

Viele Menschen wollen heutzutage unentwegt überall erreichbar sein. Natürlich ist das bei manchem Beruf überlebenswichtig, aber inzwischen greift auch eine krankhafte Kommunikationsbereitschaft um sich. (Nicht umsonst kam jemand auf den schönen Gedanken, das Handy mit dem deutschen Wort „Wichtigtuter“ zu übersetzen!) Dieses permanente Erreichbarsein macht Arbeit und bringt neuen Streß. Die Leute kommen auf Reisen gar nicht mehr mit den Menschen in ihrer Umgebung ins Gespräch, weil sie voll damit beschäftigt sind, ihre verschiedenen Rufsammler, Mailboxen und E-Mail-Konten zu kontrollieren.

Der hat vielleicht ein Mail!

Der Anrufbeantworter (Ja, so ein Ding habe ich auch!) zum Beispiel hat seinen Namen völlig zu Unrecht, denn er beantwortet nicht einen einzigen Anruf, sondern ich habe dann die Arbeit, zehn Leute anzurufen, krieche bald in das Ding hinein, weil manche so leise gesprochen haben, daß ich weder Name noch Nummer verstehe, oder sie sprechen ihre Telefonnummer so gehetzt aufs Band, daß ich es dreimal abspielen muß, um die blöde Zahl endlich komplett zu haben!

Wir sind eine mobile Gesellschaft, die mehr und mehr elektronisch verkehrt. In naher Zukunft kann uns kein Gesprächspartner mit seinem Schnupfen anstecken, weil wir nur noch fernmündlich und fernschriftlich verkehren.

Ein amerikanischer Psychologe . . . das sind jene Leute, die sich zuerst mit den neu entstandenen Macken der Leute rumärgern müssen, die neue Technik erzeugt, also solch ein Mann hat gesagt, daß man in Kürze „ganze Tage ohne Gespräch mit anderen verbringen wird". Da inzwischen schon manche ihr Büro in der Wohnung haben, kann man sich das gut vorstellen. Er empfiehlt diesen Menschen, daß sie für jede Stunde, die sie mit E-mail und Handy verbringen, aus Gründen der Sozialdisziplin zwischendurch mit jemandem „richtig reden" sollen.

Wohl dem, der da in seiner Wohnung nicht alleine lebt.

Der kann sich bei dieser Gelegenheit an seinen Ehepartner oder sein Kind erinnern!

Das Geheimnis der Entwicklung

Worauf sich die Entwicklung des Menschen letztendlich reduziert: Der Steinzeitmensch hat irgendwann einmal festgestellt, daß es gemütlicher ist, wenn er sich nicht auf den kalten Stein setzt, sondern sich vorher ein schönes warmes Fell hinlegt. Und daraus ist im Laufe der Zeit der Sessel geworden. Die Menschen haben es sich also lediglich über die Jahrtausende etwas bequemer gemacht.

Ansonsten ist alles beim Alten geblieben.

Kinder stellen Fragen, die den Lehrern längst nicht mehr einfallen.

Die Universität ist eine Schmiede der Nation.
Darum kommen auch so viele behämmert heraus.

Manchmal lernt man in den Pausen mehr als im Unterricht.

Der Zahn der Zeit

Als Kinder sagten wir über einen Jungen, der besonders schnell mit dem Fahrrad fuhr: „Der hatte aber einen ganz schönen Zahn drauf!" Wieso ausgerechnet der Zahn mit Schnelligkeit in Verbindung gebracht wurde, entzieht sich meiner Kenntnis. Ein Zahn hat ja normalerweise auf Erden kein schnellebiges Dasein, wenn er nicht mit Gewalt aus dem Mund durch einen Schlag oder eine Zange entfernt wird. Selbst die süßen Milchzähne halten ja ein paar Jährchen durch.

Heutzutage haben wir alle dank der vierrädrigen Gefährte, die überall herumstehen, ständig einen „Zahn" drauf.

Sogar einen „Affenzahn!"

Dieser Begriff war für uns seinerzeit die höchste Steigerung von Geschwindigkeit. Geschwindigkeit ist bekanntlich keine Hexerei – wir treten aufs Gaspedal und sind in kurzer Zeit überall. Es sei denn: Ein Stau macht der Geschwindigkeit ein schnelles Ende. Der Stau ist die erzwungene Pause zur Einkehr, zum Innehalten, zur Besinnung. Dies ist es, was die Pfarrer auf allen Kanzeln des Landes den Menschen empfehlen und kaum jemand praktiziert – nur die schnelle Technik ist in der Lage, uns die Langsamkeit zu schenken.

Der Stau ist also eine Chance!

Sie können ein Konzert hören, ein Hörspiel oder englische Vokabeln lernen. Der Stau ist keine verlorene Lebenszeit. Wenn Sie zu zweit im Auto sitzen, können Sie sich mit Ihrem Mitfahrer über die Relativitätstheorie von Einstein oder einen Auflauf von Biolek unterhalten, Sie können Schach spielen oder aus der mitgeführten Staubibliothek ein Taschenbuch zücken.

Kritiker werden einwenden, daß man dies alles auch zu Hause tun kann. Aber zu Hause, das wissen Sie, hat man keine Zeit. Das heißt, man hätte schon, aber da müßte man auf die Fernsehzeit verzichten. „Ich gucke kaum noch!" ist übrigens zumeist der Beweis für besonders häufigen Fernsehkonsum! Meine Erfahrung: Alle haben ständig alles gesehen, aber lediglich „beim Zappen" oder „nur mal reingeschaut".

Mit dem Auto (ihm geht es übrigens mitunter besser als einem Menschen: Es hat ein festes Dach über dem Dach) kann man natürlich auch Zeit mit vollen Händen ausgeben.

Für nichts!

Die Italiener sind von uns Europäern derzeit darin führend. Sie vergeuden im Schnitt zwei Jahre ihres Lebens für die Parkplatzsuche. Pro Tag zwischen einer halben bis einer Stunde.

Zwei Jahre Leben für ein langsam tuckerndes Auto und den angestrengt umherirrenden Blick nach der Lücke ... Wenn das nichts ist!

Verkehrshinweis

Das Schönste an den Einbahnstraßen ist der geringe Gegenverkehr.

Neues aus dem Vatikan

Wie wir von unserem Sonderberichterstatter Pater Noster erfahren haben, nahm unlängst der Papst ein Zölibat in der Menge.

Neulich

Neulich las ich, daß das Schloß Wernigerode von 1648–1710 unbewohnt war.
Sagenhaft!
Wenn ich das eher gewußt hätte!

Sind Christen die besseren Sünder?

Tischreden vor dem Essen sind kürzer.

Ich hätte gern nach dem Schauspiel geklatscht, aber mir waren auch die Hände eingeschlafen.

Der Fernsehapparat tötete das letzte Nomadenhafte in uns. Wir sind für ewig seßhaft geworden.

Radio betäubt nur örtlich.
Fernsehen ist Vollnarkose.

Sie hatte eine schöne Stimme, aber einen schlechten Ruf.

Ich wollte nie Pessimist im Sozialismus werden, dann schon lieber Optimist im Kapitalismus.

Der Unterschied zwischen Hausbesetzern und der Treuhand: Hausbesetzer werden von der Polizei vertrieben, wenn sie sich fremdes Eigentum aneignen.

Für Polizeihunde sind Nichtuniformierte immer verdächtig.

Es gibt Leute, die apportieren Gegenstände, die ihre Vorgesetzten noch gar nicht weggeworfen haben.

Wieviel kostet ein „Trottel“?

Sie kennen die Situation alle: Froh gelaunt kehren Sie nach einem Bummel durch die fremde oder eigne Stadt zu Ihrem Auto zurück – das eben erstandene Schnäppchen unterm Arm – und da entdecken Sie schon von weitem den berühmten Wisch hinter dem Scheibenwischer!

Das blaurote Parkverbotsschild leuchtet vom Zettel. Was Sie eben an Penunze durch den günstigen Kauf ihres City-Hemdes einsparten, müssen Sie nun wegen Falschparkens in der City dem Ordnungsamt in den gierigen Rachen werfen.

Während die einen das Knöllchen mit tiefer Verachtung wegstecken, als handele es sich um einen Werbezettel für Mallorca-Reisen, steigt bei anderen der Blutdruck. Befindet sich dann die Politesse noch in Rufnähe, kann ein sprachlicher Mini-Vulkan ausbrechen. Das trifft in verkehrsbedingten Situationen gleichermaßen die vom Volk unterschiedlich geliebten Polizisten.

Aber: Alles hat seinen Preis!

Nicht nur das verkehrsbedingte Fehlverhalten, sondern auch die Wortlava, die der kleine Vulkan dann in seiner Erregung herausschleudert!

Die Zeitschrift „Auto/Straßenverkehr“ sammelte auf einer Hitliste die am häufigsten vorkommenden Pöbelstrafen.

Was kostet also ein „Trottel in Uniform“? 3000 Mark!

Ein „Sie Holzkopf“ bringt dagegen nur die Hälfte! Erstaunlich.

Wahrscheinlich macht die Uniform hier das Kraut fett und schlägt extra noch mal mit 1500 zu Buche . . .

Übrigens: Bleiben Sie bei Ihrer Beschimpfung möglichst beim „Sie“, denn „duzen“ kostet 1200 Mark. Die Summe würde vielleicht dann bei einem „Du Holzkopf“ extra noch mit draufgeschlagen . . .

Ich hätte bei Politessen-Attacken auch nicht für möglich gehalten, daß eine „Dumme Kuh“ (1200 Mark) viel billiger kommt als „Du Schlampe“ (3800)!

Beruhigend finde ich, daß bei Pöbeleien gegen Ordnungshüter neben der Art der Beleidigung auch das Einkommen des Täters berücksichtigt wird. Das ist ja auch nur zu gerecht, daß ein Arbeitsloser, der sowieso schon frustriert ist, für sein Geschimpfe nicht so viel bezahlen muß wie ein Manager von Hoechst. Da sehen wir wieder einmal, wie gerecht es in deutschen Landen zugeht!

Überlegenswert ist: Die Ordnungs-Strafgelder bringen ja nur einen Bruchteil dessen, was die Pöbelstrafen einfahren! Eigentlich müßte der Staat dankbar sein, wenn seine Ordnungshüter mit Verbalinjurien belegt werden, denn das ist doch die Einnahmequelle! Aber das Problem ist, wie kriege ich die Besserverdienenden dazu, sich zu Schimpfarien hinreißen zu lassen!? Hier ist Strategie und Taktik gefragt!

Interessant war mir die billigste Anpöbelei. Was glauben Sie, bei welcher Formulierung die Richter relative Milde walten lassen? Ich sag's Ihnen: Nur läppische 900 Mark kostet es, wenn Sie zu einem Polizisten sagen: „Zu dumm zum Schreiben!"

Wie soll ich denn das verstehen . . .?

Abschied von Illusionen bedeutet nicht zwangsläufig Begrüßung der Realität.

Stammen die Gewissensbisse vielleicht nur vom inneren Schweinehund?

Ein Mensch ist wie ein Brief.
Er ist schnell abgestempelt und weggeschickt.

Die Wirklichkeit ist in Wirklichkeit viel unwirklicher.

Wer im Brennpunkt stehen will, muß Hitze vertragen können.

Was tun?
Resignieren?
oder lieber Pessimist werden?

Der Hund an Ihrer Seite

Nicht, daß Sie denken, ich hätte etwas gegen Hunde, weil ich mehr für Katzen übrig habe. Nein, so ist das überhaupt nicht, auch wenn Hunde immer bißl riechen und Katzen duften, Hunde bellen und Katzen schnurren. Die Kläfferei geht einem manchmal schon auf die Ketten, aber Hunde, die bellen, beißen bekanntlich nicht. Sie wissen es, ich weiß es, die Frage im speziellen Fall ist nur: Weiß es auch der Hund!?

Aber mit einem Hund kann man im Wald und am Strand spazieren gehen. Der kann ein echter Kumpel sein. Wenn ich mit meiner Katze am Strand . . . die würde mir höchstens einen Vogel zeigen.

Also: Hunde in allen Ehren! Was ich von Hundehaltern nicht in gleichem Maße sagen kann.

Kürzlich spazierte ich in Leipzig durch einen Park, und ein Hund kam blitzartig auf mich zugehüpft und sprang mir vor unbändiger Freude an meiner hellen Hose hoch. Ich weiß solch Sympathie zwischen Mensch und Kreatur durchaus zu schätzen.

Nur eben nicht bei hellen Hosen.

Und bei regnerischem Wetter.

Ich sah die Hundehalterin nicht gerade mit tiefer Sympathie an. (Es stimmt übrigens nicht immer, daß die Herrchen oder Frauchen mit der Zeit den Gesichtsausdruck ihres Tieres annehmen. Der Hund sah wirklich hübsch aus.) Als ich gerade nach dem Wort „Reinigung“ suchte, war die Frau schon lächelnd an mir vorbei und rief mir zu: „Tja, er ist halt noch sehr verspielt.“

Das war's!

Was sollte ich tun? Anfangen zu schreien: „Sie!!! Kommen Sie sofort mit Ihrem Köter zurück!“ Dann wäre der mir vielleicht beim nächsten Sprung nicht nur an die Wäsche gegangen, sondern hätte sich als Kampfhund entpuppt und sich in meinen Schreibarm verbissen. Wovon sollte ich dann leben?

Nicht jeder Kampfhund sieht nämlich auch wie einer aus. Übrigens gibt es 10 000 in Deutschland.

Die können natürlich nichts dafür, die armen Hunde, daß sie böse sind. Die Menschen schaffen es schon, einen Hund zur Sau zu machen.

Die kriegen jedes Tier kaputt.

Kampfhähne gibt es ja schon lange.

Es sollte mich auch nicht wundern, wenn Leute inzwischen dabei sind, Kampfkatzen oder Kampfkaninchen zu züchten!

Sie bummeln im Urlaub durch ein romantisches Dorf und halten so einem possierlichen Fellträger einen frisch gezupften Löwenzahn hin – da fletscht der plötzlich die übergroßen Nager, und sie sehen nach einem knackenden Geräusch gerade noch, wie das von Ihnen völlig unterschätzte Tierchen Ihren Zeigefinger zermümmelt! Und auf den gelben Löwenzahn tropft Ihr eigen Blut.

Ich will Ihnen nicht angst machen, liebe Leserinnen und Leser, aber solche Überraschungen könnten Sie in Zukunft erwarten!

Aber nun überstehen Sie und Ihre Kinder erst einmal die Gegenwart, denn in Ihrem Park laufen unter Umständen entsicherte Waffen auf vier Beinen herum.

Haben Sie etwas Zeit?

Dann lesen Sie vielleicht diesen Text.

Das würde mich natürlich freuen.

Apropos Zeit – alles gibt es in unserem System im Überfluß. Alles. Nur an einer Sache herrscht permanenter Mangel: Wir haben keine Zeit. Nicht mehr Gold, Geld und Edelsteine zählen als der große Luxus, sondern Zeit zu haben.

„Ich komme zu nischt mehr!"

„Man hat doch egal keine Zeit!"

Was machen wir mit unserer Zeit?

Unentwegt gewinnen wir welche. Auf Schritt und Tritt. Alles geht schneller und viel rationeller und trotzdem ...

Was haben wir in der DDR für Zeit vertan! Wieviel Stunden unseres Lebens in Schlangen zugebracht ... vor Geschäften, Restaurants und Ämtern ... Und ... Moment ... was lese ich da gerade ... Der Mensch verbringt bis zu 170 Tage seines Lebens im Stau.

Aha, da hätten wir ja einen Zeitkiller! Man kann ja vieles gegen die DDR sagen, aber Staus gab's unter Honecker nicht! Schon gar nicht auf den Autobahnen von Ost nach West!

Aber unser Leben im modernen Deutschland läuft doch eigentlich nur mit Zeitgewinn. Handwerker? Anruf genügt. Essen? Ab in die Mikrowelle. Taxi? Spätestens in fünf Minuten vor Ort. Geld? Der nächste Automat ist nicht weit.

Und trotzdem haben wir keine Zeit – bis auf jene Menschen, die aus bekannten Gründen den ganzen Tag Zeit haben. Aber die lassen wir mal, wie man auf neudeutsch sagt: „außen vor." Und das scheint ja auch ihr Schicksal zu sein . . .

Wer klaut uns die Stunden?

Na gut, viele arbeiten länger. Wer Arbeit hat, darf nicht auf die Uhr schauen. Also, er darf es schon, aber nicht mit dem Gefühl, beizeiten Feierabend zu machen. Und dann die Entfernungen. Viele Leute fahren für ihre Arbeit erst einmal geraume Weile durch die Gegend. Deshalb gibt es übrigens auch immer mehr Staus!

Und dann hocken die Menschen des Abends, fertig von des Tages Mühen, drei Stunden vor dem Fernseher.

Haben Sie schon mal Fernsehfasten ausprobiert?

Sie werden staunen, wieviel Zeit Sie plötzlich haben. Da kommen Sie sogar endlich dazu, das Buch zu lesen, das Ihnen Ihre Frau zum letzten Geburtstag geschenkt hat . . . oder war es der vorletzte? („Zum Lesen komme ich gar nicht mehr. Mir fallen immer gleich die Augen zu . . .„ Ja, wenn Sie auch erst nach dem Fernsehen lesen wollen! Fernsehen ist prinzipiell dem Schlafbedürfnis förderlich!) Die Zeit, liebe Mitmenschen, muß aus der Reserve gelockt werden! Man kann sie übertölpeln, austricksen. Ein Kellner, mit dem ich über dieses Thema ins Gespräch kam, sagte mir, er habe beispielsweise heute nachmittag um vier keine Zeit. Ich fragte ihn, warum. Da sagt er mir, er habe einen Termin . . . mit sich. Ich staunte! Ja, meinte er, da setzt er sich auf seinen Balkon, liest ein paar Seiten, sieht in die Kastanie, nimmt sich Zeit für Gedanken über Gott und die Welt, macht Pläne, läßt sein Leben Revue passieren. Und das macht ausgerechnet ein Kellner, der besonders schnell durch das Lokal wuselt. Der Mann hat was drauf! Das ist bewußte Anti-Hektik.

Also: machen Sie ruhig mal einen Termin mit sich, damit Sie sich nicht mal eines Tages aus Zeitnot verpassen.

Die Natur und die Namen

Namen sind überhaupt nicht Schall und Rauch.

Die Natur sorgt beispielsweise immer dafür, daß ein großer Wissenschaftler, der etwas entdeckte oder erfand, auch keinen Dutzendnamen hat!

Stellen Sie sich nur einmal vor, Wilhelm Röntgen hätte Wilhelm Meier geheißen!

Wie würde denn das klingen!!!

Der Meierapparat.

Ich muß zum Lungenmeiern.

Nach dem Unfall haben sie meiner Mutter das Knie gemeiert.

Der Bruch ist auf dem Meierbild deutlich zu sehen.

Der Doktor hat ein Verhältnis mit seiner Meierassistentin.

Oder stellen Sie sich vor, Marx und Engels hätten Streckfuß und Schneidewind geheißen.

Die Streckfußistische Philosophie.

Der Leninismus ist der Streckfußismus unserer Epoche!

Der Dietz Verlag arbeitet an der Streckfuß-Schneidewind-Gesamtausgabe.

Genosse Müller ist ein überzeugter Streckfußist.

Oder der Erfinder der Litfaßsäule hätte Cyrankiewiczynsky geheißen! „Schau doch mal schnell wegen der Veranstaltung an der Cyran...kwie...tschie...Cyran... kwietschy... vielleicht steht es auch in der Zeitung!"

Sehen Sie – völlig undenkbar! Hier spüren Sie die ordnende Hand der Natur!

Dachdecker sind dem Himmel näher.
Vor allem, wenn sie abstürzen.

Die größten Eigenbrötler sind die Bäcker.

Banker: Schein-Heilige.

Der Totengräber hat keinen Zorn auf den Tod, nur auf das Graben.

Küchenwunder

Haben Sie schon eine neue Küche? Nein!? Na aber! Neue schicke Küchen sind schwer in Mode. Total trendy! Aber nicht irgendeine – also da müssen Sie schon mal locker 30 oder 40 000 Mark hinlegen. Kann sich natürlich nicht jeder leisten, aber wer es sich leisten kann, leistet es sich.

Sie können natürlich auch eine für 80 000 angepaßt kriegen! Maßarbeit.

Ich hörte unlängst von einer Familie in den alten Bundesländern, die eine Küche ihr eigen nennt, also, wenn Sie da reinkommen, da glauben Sie, Sie betreten ein Raumschiff der nächsten Generation. Aber nicht, daß Sie denken, dort wird gekocht!

Um Gotteswillen!

Man wird doch nicht diese schicke Superküche mit Soße besudeln!

Nein, für diese profane Tätigkeit steht im Keller des Hauses ein etwas preiswerteres Exemplar, in der die tüchtige Hausfrau oder der tüchtige Hausmann walten kann.

Also, da kommen einem glatt auch ohne Zwiebelschneiden die Tränen! In unserer sächsischen Gegend ist es noch nicht ganz soweit, aber wenn Sie sich ein paar Jahre gedulden...

Zu den Großgewinnern der Einheit gehören die Küchenstudios. Seitdem die Deutschen theoretisch wieder an einem Küchentisch sitzen können, wird mit überkommenem Mobiliar reiner Tisch gemacht. Ich kenne Leute am Rhein, die sparen jedes Jahr eisern am Preis für das Hotelzimmer in den Ferien, aber nicht bei der Küche! Da haben sie das Geld mit der Schöpfkelle ausgegeben.

Warum?

Ganz klar: im Urlaub sieht doch niemand, was man sich leistet. Mit einem Hotelzimmer läßt sich nicht repräsentieren. Kommt doch keiner vorbei. Anders mit seinem funkelnden High-tech-Kochraum. Wenn Besuch ins Haus steht, setzt es den glatt auf den Hintern, und er kommt aus dem Staunen nicht heraus.

„Wir müssen die Meyers auch mal zum Essen einladen!"

„Aber erst, wenn wir eine neue Küche haben!"

Und schon kann ein Küchenstudio wieder ein Konto entrahmen.

Die Küche ist vom Wert her inzwischen

der möblierte Zweit- oder Drittwagen geworden. Es gibt Küchen, in denen Sie denken, die gehören zu einem Restaurant.

Letzten Sommer sah ich eine völlig andere in der Toscana.

Ein schöner Küchenschrank mit einem ovalen Glasfenster stand im Raum, ein großer alter Holztisch mit ebensolchen Stühlen, die bei Bewegung leicht knarrten. Es duftete nach herrlichem Essen. Fröhliche Menschen saßen palavernd in froher Runde, tranken Chianti classico und sangen schließlich sogar noch.

Na ja, so sind sie eben, die Italiener. Wir sind zwar keine bösen Menschen, aber Lieder haben wir trotzdem nicht.

Aus dem einstigen Traumland wird für manche allmählich ein Alptraumland.

Die CDU spricht dieses System heilig. Scheinheilig.

In der Bundesrepublik werden Gewinne privatisiert und Verluste sozialisiert.

Für Bonn reichte ja das durchschnittliche Niveau der Abgeordneten im Bundestag, aber für Berlin…?

„Ich möchte einmal aus meinem gewohnten Leben ausbrechen!“ sagte der Häftling.

Ein Gewissen läßt sich bequem in einer Brieftasche unterbringen.

Ich kenne Leute, die sind echt nett und tierisch gut. Auch menschlich.

Das Tor zur Torheit ist breit und hoch.

Hoffnung: getarnter Pessimismus.

Alle Menschen werden Brüder.
Bis auf die Schwestern.

Gib auf die Wölfe acht, die mit dir heulen.

Ungeduld heißt, nicht auf die Lücke zwischen zwei Wolken warten zu können.

Mir ist keine Frau zu schön, um sie mir an meiner Seite vorzustellen.

Es gibt auch Gegensätze, die sich ausziehen.

Unlogische Sätze amüsieren Männer nur bei ihrer Geliebten.

Sie wollte sich nur kurz von ihrem Mann verabschieden.
Es wurde aber doch eine Scheidung daraus.

Für ein Leben in der Zweisamkeit spricht eine Reihe von guten Gründen. Aber der wichtigste ist vermutlich der: Man braucht im Alter unbedingt jemand für den Rücken zum Einreiben.

Der Kuß: das schönste Lippenbekenntnis.

Brüder

Wenn man sich es richtig überlegt, war der Strauß quasi ein IM. Na ja, was der alles dem Schalck-Golodkowski erzählt hat! Und der Franz Josef wußte doch ganz genau, wem der das wiederum weitererzählte.

Der Schalk, entnahm ich einer schillernden Gazette, hat nach und nach angefangen, den Strauß zu verehren. Es entwickelte sich eine Art brüderliche Liebe zwischen den beiden.

Kein Wunder.

So ähnlich, wie man sich war.

Und der Strauß hat ihm auch zu verstehen gegeben, wenn es mit seinen Genossen in Ost-Berlin Probleme gibt, dann beziehen sie sofort für ihn das Bett im Gästezimmer.

Andererseits: so weit, wie der Schalck mit dem Strauß schon über die deutsch-deutsche Zukunft war – vielleicht hätten die beiden die Wiedervereinigung Stück für Stück wirtschaftlich ganz sanft und unbemerkt vollzogen und die da oben hätten das gar nicht gemerkt ... Man kann ja viel gegen die beiden haben, aber immerhin hätte uns das die Treuhand erspart!

Warum die Schweizer so ungeniert gähnen

Schweizer, das ist meine ganz persönliche Erfahrung, gähnen, wenn es ihnen danach ist, prinzipiell ohne ihre Hand vor den Mund zu halten. Ich habe in meinem Leben noch nie so aufgerissene Mäuler gesehen wie in der schönen Schweiz. Es macht den Bewohnern dieses Landes überhaupt nichts aus, dem Gegenüber die Gesichtsöffnung in voller Größe zu zeigen.

Wie mag das kommen?

Vermutlich, weil sie beim vielen Klettern in den Bergen alle Hände voll zu tun haben, und das Skifahren geht mit einem Stock auch relativ schlecht – und das sind ja bekanntlich die wichtigsten Tätigkeiten der Schweizer.

Nein, eins habe ich noch vergessen: Beim Geldzählen oder Geldwaschen wird erst recht jeder Finger gebraucht!

Also, wie Sie sehen, ist es doch recht einfach, sich zu erklären, warum die Schweizer nie eine Hand vor den Mund halten.

Hilfswaffe

Die Schweizer Messer sind weltbekannt.

Rot leuchten sie einem entgegen. Man kann diverse Hilfsmittel vom Schraubenzieher bis zur Schere herausklappen, auch Pinzette und Zahnstocher birgt der Messerrumpf.

Die sind unübertroffen!

Dachte ich.

In einem Geschäft sehe ich es dann: das Überlebensmesser!

Das ist nicht nur Machete, Säge und Lampe, sondern da geht es bis zu Skalpell und Schmerzampulle. Eigentlich fehlt nur, daß man das Messer zum Flugzeug und Boot ausklappen kann.

Aber das fällt den Schweizern auch noch ein.

Extrem

Nun ist er wieder da, der Frühling – und läßt seine bunten Bänder durch die linden Lüfte flattern. Und was kommt mit dem Frühling? Richtig! Die Urlaubszeit. Wer keine Kinder hat, der schleicht nicht in der Saison mit der grauen Masse über die Autobahnen, sondern der fährt im Mai... sagen wir... in die Schweiz.

Die Eidgenossen bieten alles, was Herz und gestreßte Seele im 2000er Jahr begehren. Wie will heutzutage ein junges, dynamisches und kinderloses Ehepaar den Urlaub verbringen? Aktiv und erlebnisreich. Und das bedeutet vor allem: Extrem muß er sein!

Auf die Berge wandern, kann jeder: Megaout für Trendsetter! Auf die Berge tritt man! Aber nicht mit den Schuhsohlen, sondern in die Pedalen des Mountainbikes. So strampeln Sie hechelnd in die Höhe, und wenn Sie Glück haben, sehen Sie oben sogar durch die extreme Anstrengung das Panorama doppelt!

Aber so beginnen Sie nicht gleich den Tag. Der Morgen sieht Sie ganz leger mit einigen Lockerungsübungen für Ihre Extre-

BANK

mitäten. Deshalb ist Bungy jumping angesagt. Da knacken die verspannten Gelenke auseinander.

130 Meter geht's ab! Wahnsinn.

Na gut, das Bircher-Müsli vom Frühstück läßt dann noch mal grüßen, aber das schlucken Sie tapfer wieder runter. Die Schweizer Kühe machen es schließlich auch nicht anders. Das ist ihnen dieser irre Schrei am Schluß schon wert. Ein Erlebnis! So haben Sie Ihre Frau noch nie schreien hören. Auch nicht, als Sie damals den Chianti über die gerade frisch erstandene weiße Ledercouch gegossen haben. Und dann haben Sie ja auch noch einen doppelten Genuß!

Warum?

Na klar – durch das Echo!

In der Schweiz gibt's doch überall Echo. Wo Sie hinkommen!

Am nächsten Urlaubstag haben Sie wieder etwas echt Extremes auf der Röstipfanne: Dragon Flight. Sagenhaft! Da sausen Sie in schwindelerregender Höhe über einen Abgrund. Das wird auch gern von jungen dynamischen Politikern als Training für ihre Laufbahn genommen.

Sehr beliebt ist auch Flying fox. Sie

schweben 70 Meter lautlos in die Tiefe. Es sei denn, Sie sagen etwas. Eine Abseilfahrt ohne Netz und doppelten Boden. Das lieben vor allem Manager aus der Wirtschaft als Vorbereitung für extreme berufliche Situationen. Wenn Sie genug von den Bergen haben, dann geht es aufs Wasser: Canyoning. Einfach mal in der Strömung treiben lassen. Aber Canyoning ist noch eher die Version für Leute, die schon Vorruhestand oder Rente anpeilen. Ein paar Zacken extremer für ganze Kerle und... wie nennt man eigentlich Frauen, die ganze Kerle sind...?... also noch extremer ist River-Rafting auf einem Wildfluß. Da müssen Sie schon mal einkalkulieren, daß anschließend Ihr Stuhl in der Firma leer bleibt, aber was Sie erlebt haben, das kann Ihnen keiner nehmen!

Gedächtnis

In der Zeit der deutschen Besetzung beschlagnahmte die Wehrmacht in den Niederlanden auch Fahrräder der Bevölkerung.

Ein schwerer Schlag für die Zweirad-Nation.

Wenn heute in einem Lokal ein älterer Holländer mit Deutschen in ein Streitgespräch gerät, dann kann es passieren, daß er als Einleitung sagt:

„Erst mein Fahrrad zurück!"

Der kleine Unterschied

Wenn in Amsterdam ein Auto in eine Gracht fällt, dann wird es natürlich gehoben, aber es kostet sehr viel Geld.

Bei einer Rundfahrt erfahre ich vom Stadtführer: „Befindet sich eine Person in dem Auto, dann ist es ein Notfall und kostet nichts."

Also: Wenn Sie mal in Amsterdam nahe einer Gracht parken müssen – immer jemand im Auto lassen.

Kurzkrimi

Sie hatte es auf sein Geld abgesehen.
Er auf ihres.
Das Geld überlebte.

Neulich

Neulich war ich in einer Raststätte.

Das ist so etwas ähnliches wie eine Gaststätte. Nur heißt es eben dort auf dem Rästebuch „Der Rast hat das Wort“. In der rastronomischen Einrichtung hing auch ein Schild, das die Räste selbst auf ihre Garderobe achten sollen.

Wir sind aber nicht lange dort geblieben, eingedenk der alten Weisheit: „Wer gastet, der gostet.“

Der Doppelgänger

Mit einer Bekannten treffe ich mich in einem Leipziger Kaffeehaus. Nach einer Weile kommt die Chefin an unseren Tisch, bringt das Gästebuch und bittet um eine Eintragung. Sie versichert, wie gern sie unser Kabarettduo auf der Bühne oder im Fernsehen sehn würde usw. usw. ... man hört das ja alles nicht ungern.

Schließlich schreibe ich ein Sprüchlein ins Buch.

Dann trinke ich mit meiner Bekannten Kaffee und wir schwatzen über das Leben.

Einige Zeit darauf nimmt ein Mann in mittleren Jahren an unserem Nachbartisch Platz. Den lauten Scherzen nach, die er der Kellnerin verabreicht, ist er schon etwas angesäuselt.

Als er mich entdeckt, merke ich, daß er mich vermutlich auch kennt. Ich weiche aber seinem Blick aus und verstecke mich hinter meiner Bekannten, weil ich partout keine Lust habe, unser schönes Gespräch durch ihn unterbrechen zu lassen. Das gelingt mir auch. Erst als wir gehen, kann er den gewünschten Kontakt herstellen. „Saachnse ma... hadd Ihn schon mal jemand gesaachd, daß Sie dähm Lange… hier… dähm Gabaräddisdn… unheimlich ähnlich sähn!?“

„Nein.“

„Das gibbs nich! Das hadd Ihn noch niemand gesaachd!?“

„Nee.“

„Saachnhafd – Sie sinn dähm wie ausn Gesichd geschniddn!“

Nun fragte er meine Bekannte: „Was saachn Sie denn dazu? Hab ich nich rechd!?“

„Na und wenn er’s nun ist?“

„Nee, er isses nich, awwr er siehd dähm wahnsinnig ähnlich!“

Sie sehen fern und bis zum Gartenzaun.

Einfaltspinsel malen manchmal auch.

Die Schale des Ruhmes ist dünn wie von einem Ei. Sie bietet keinen Schutz, um nicht in die Pfanne gehauen zu werden.

Was heutzutage als moderne Musik ausgegeben wird, drehten wir früher im Radio als Störungen weg.

Schicksal

Bücher haben ihre Schicksale. Sie kennen den Satz, und inzwischen ist wieder eine kleine Ergänzung möglich.

Zu DDR-Zeiten bekam der Büchersammler bibliophiles Sodbrennen, wenn er davon Kenntnis erhielt, welch schöne Ausgaben vom Zentralantiquariat der DDR in der Leipziger Talstraße ihren Weg in den Westen antraten. So versuchte der sächsische Bücherfreund auf Haushaltauflösungen und Flohmärkten den Devisenkrallen des staatlichen Handels dies und jenes beizeiten abzujagen. Und es gelang ihm, in seiner geräumigen Altbauwohnung eine stattliche Sammlung zusammenzutragen.

So weit, so gut.

Nun haben sich die Zeiten gewandelt, und der ostdeutsche Büchersammler muß aus Mietgründen in eine kleinere Wohnung umziehen.

Das bedeutet, sich schweren Herzens von einem Teil seines Literaturbestandes zu trennen.

Aber: das Antiquariatsgeschäft des Ostens lebt in diesen Zeiten vor allem durch betuchte Westeinkäufer. Ahnen Sie, was nun kommt, liebe Leserin, lieber Leser!?

Wir können machen, was wir wollen – ob DDR oder Bundesrepublik Deutschland –, unsere schönen alten Bücher landen immer im Westen!

Da die Menschen sich nicht so leicht ändern können, haben sie die Mode erfunden.

Ihren Platz im Paradies lassen sich manche ein Heidengeld kosten.

Von seinem Erfolg leistete er sich ein paar Ideale.

Übertriebene Feinkostler: Hummersexuelle.

Karriereleitern haben auf der anderen Seite keine Sprossen.

Wer aufgibt, hat mehr vom Leben.

Verwandte sehen einen oft so unverwandt an.

Der Lorbeerkranz: ein geflochtenes Küchenkraut.

Aussichten

Wenn das in Zukunft mit der Gebührenerhöhung bei der Post so weitergeht, braucht man sich nicht zu wundern, wenn ein Postamt überfallen wird, um das Porto für einen Brief zu rauben!

Andererseits können Sie mit einem „Empfänger bezahlt!" Ihren besten Feind zugrunde richten!

Eine Schnecke hält die Kriechspur für ihr Profil.

Er wollte so gern einmal die Sau rauslassen, aber es kläffte immer nur der innere Schweinehund.

Man kann Menschen auch mit einem Gradmesser umbringen.

Es werden täglich weitaus mehr Nachrichten als Köpfe frisiert.

Als er einen Preis bekam, wußte er endlich, was er wert war.

Heißer Sommer

Haben sie den Mai gut überstanden? Ich meine den letzten Mai, den vom ersten Jahr im neuen Jahrtausend.

Ja, liebe Leserinnen und Leser, alles wird anders! Hochsommer im Frühling. Von wegen „Der Mai ist gekommen, die Bäume schlagen aus…„ Die überschlagen sich geradezu im Wachstum. Die Pfingstrosen blühten Ostern, und Pfingsten werden wohl die Augustäpfel reif sein, wenn das so weitergeht.

Und es geht so weiter.

Nachdem die Klimaforscher immer sagten: „Na ja… erst mal sehen… kann schon sein… eventuell…„ reden sie nun Klartext. Der Klimawechsel läuft auf vollen Touren, der Treibhauseffekt ist da. Die Erde ist in die Wechseljahre gekommen.

Drei Sommer der letzten fünf Jahre waren die heißesten, seitdem es Wetteraufzeichnungen gibt. Also seit 140 Jahren. Mutter Erde hat erhöhte Temperatur. Daraus folgt: Es wird warm in Deutschland. Da freuen sich Coca Cola und Langnese und wie sie alle heißen. In knapp 30 Jahren rechnen Experten schon in

Deutschland mit einem Wetter wie in Sizilien. Die Mafia haben wir ja schon da, und wo die Mafia ist, wird das Klima immer heiß!

An der Nord- und Ostsee werden Sie dann Mittelmeertemperaturen genießen können.

Ist das nicht herrlich!?

Da brauchen wir nicht mehr im Stau nach dem Süden zu kutschen! Auf der Insel Rügen wachsen dann Palmen. Na ja, gut, diese Vorstellung fällt mir noch etwas schwer... eine Ostsee-Möwe auf einem Palmenzweig, aber man gewöhnt sich an alles. Auf meinem Balkon blühten in diesem Mai auch Frühlings- und Sommerblumen zur selben Zeit.

Alles wird anders!

Im Winter wird es keinen Frost und Schnee mehr geben. Kurzdialog aus der Zukunft: „Ich kenne einen alten Mann, der kann sich noch an Schnee zu Weihnachten erinnern!"

„Sag bloß! Der muß ja uralt sein!"

Die Heizölfritzen werden spucken, denn der Verbrauch sackt in den Keller. Dort liegt lediglich eine Öllache im Kessel, die ewig nicht verbraucht wird.

Die Pole und Gletscher verdünnisieren sich wegen der Erwärmung, und an den deutschen Küsten wird man die Deiche erhöhen müssen, damit die Norddeutschen über Nacht nicht plötzlich alle Besitzer von Wassergrundstücken sind.

Alles wird anders!

Vielleicht erleben wir noch Sandstürme in der deutschen Fußgängerzone und Skorpione in der Kleingartenanlage. In diesem Sommer, sagen die Experten, wird es schon mal Insekten in Hülle und Fülle geben. Das werden Sie merken, wenn Sie Ihre Hüllen fallen lassen. Für die Vögel brechen paradiesische Zustände an – wo sie hinpicken, kriecht oder fliegt ein Insekt. Die Vögel überfressen sich deshalb und können sich am Ende nicht mehr in die Lüfte erheben. Dann werden sie die fette Beute der Katzen, die sich gar nicht mehr anzuschleichen brauchen.

Schließlich werden Hunderttausende Katzen in Europa mit dicken Bäuchen faul in der Sonne liegen. Die Hersteller von Katzennahrung gehen Pleite und stürzen sich in ihrer Verzweiflung von den Kratzbäumen.

Ich sagte es ja: Alles wird anders!

Straßenrandzeuge der Geschichte

Ich kannte einen Leipziger, der die Einweihung des Völkerschlachtdenkmals erlebt hatte. 1913 war er zehn Jahre alt. „Wir bekamen schulfrei. Die Leute haben zum Schmuck Teppiche aus dem Fenster gehängt und an der Fahrstrecke der Majestäten ihre Fenster vermietet. Ich habe den Kaiser sieben Mal gesehen!"

Da hetzte der kleine Georg auf dem Bürgersteig, drängelte durch die Massen und überholte die Equipagen immer wieder, um einen Blick auf den Monarchen zu werfen.

Hüte flogen in die Höhe.

Fünf Jahre blieb der Kaiser noch Georgs Herrscher.

Friedrich Ebert hat er mit seinem Vater in Berlin gesehen. „Das ist jetzt sozusagen unser neuer Kaiser, mein Sohn, er heißt Reichspräsident."

Auch da gingen Hüte in die Luft.

In Leipzig stand er in den dreißiger Jahren vorm Hotel Hauffe. Enthusiastische Frauen schrien: „Lieber Führer, sei so nett, bitte komm ans Fensterbrett!"

Und er kam.

Da wollte der Jubel kein Ende nehmen.

Die rechten Arme flogen in die Luft.

Nach dem Krieg stand er einmal auf der Messe in der Nähe von Ulbricht („Das siehd ja sehr guhd aus, ja!“) und sah Ende der siebziger Jahre Honecker nur von weitem, weil ihn Sicherheitsbeamte rüde wegdrängten.

Da flog kein Arm, kein Hut.

Schließlich, am Ende des Jahrhunderts, war er Augenzeuge vom Auftritt des Bundeskanzlers auf dem Karl-Marx-Platz.

Da winkten die Menschen wieder und der Jubel erinnerte ihn ein wenig an das Hotel Hauffe.

Das war der letzte Herrscher, den er vom Straßenrand der Geschichte aus sah. Den Kohl hat er nicht überlebt.

Der schaffte es aber, sich selbst zu überleben.

Zwischenbilanz

Es gibt solche und solche. Das wissen Sie längst. Eine Binsenweisheit. Ich sage immer, ich habe mich 1990 mit allen vernünftigen Menschen im Westen vereinigt.

Ein paar Beobachtungen zur Ost-West-Situation zehn Jahre danach.

Wir Leipziger hatten durch die Messen natürlich außergewöhnlich viele Kontakte in den Westen. Meine Bekanntschaft mit dem Hannoveraner Fritz Haase im Jahr 1968, aus der eine echte, nun schon Jahrzehnte andauernde Freundschaft wurde, hält wie eh und je. Allerdings habe ich auch nach 1990 erlebt, wie langjährige Ost-Westfreundschaften zusammenbrachen.

Warum?

Weil es in der alten Bundesrepublik auch Menschen gab, die sozusagen die DDR zum Aufpolieren ihres Selbstwertgefühls brauchten. Die waren in Düsseldorf ein Niemand, aber in Leipzig, da wurden sie wer! Da liefen nach einem Nachtbar-Besuch Frauen an ihrer Seite, von denen hätten die in ihrer Heimatstadt nicht mal einen Blick erhascht.

Dann zeigten sie die Fotos vom Italienurlaub. Und man staunte. Draußen blitzte das Westauto vor der Tür.

Und nun, nach der Wende, blitzte plötzlich das gleiche Auto vor der Tür, und Pätzolds fuhren auch nach Italien.

Na, Moment mal ... wer sind wir denn nun?

Als die Bilder von der Revolution über den Schirm flimmerten, da dachte so mancher Westdeutscher: „Mensch, sind die mutig!" Und: „Hätte ich mir das auch getraut?" Und er dachte daran, was er sich seinem Chef gegenüber alles nicht traute.

Die Massen der Demonstranten ließen ihn eine Träne der Rührung vergießen. Nachdem die abgetupft war, machte sich nach einiger Zeit allerdings mehr das Gefühl breit: „Also, wir waren doch jahrelang die besseren Deutschen, da drüben die Zone, die Russen, also Asien. Das laß ich mir doch nicht so mir nichts dir nichts kaputt machen. Und allmählich machte sich bei einigen die Tendenz breit, also, wer da drüben geblieben ist, der mußte doch mit der Stasi oder zumindest mit der Partei ...

Manche Leute in den alten Ländern

werden uns die gewonnene Revolution nie verzeihen.

Und wie stehen wir heute da?

Zum Beispiel in den West-Medien?

Das Bild des Ostens ist immer noch, wie eine Untersuchung zeigt, vor allem durch Berichte über Kriminalität und Rechtsradikalismus geprägt, weniger von den positiven Ergebnissen der letzten zehn Jahre. Und ein großes deutsches Wochenmagazin schreibt von „Dunkelland". Und das ohne Anführungszeichen. Also scheint man sich doch mit diesem Begriff zu identifizieren und pflegt auf diese Weise alte Feindbilder.

Die meisten Zeitungen und Zeitschriften in den alten Ländern tun nichts, um Interesse am Osten zu wecken. Und das schlägt sich dann auch in den Touristenzahlen nieder. Die Mehrheit war noch nicht hier.

Von einem Westdeutschen erfuhr ich allerdings unlängst überraschenderweise, daß er weniger ein Ost-West- als viel mehr ein Nord-Süd-Problem sieht. Und das mitten in Deutschland! Tja, im Westen lieben sich auch nicht alle Menschen. Und wer sagt denn, daß sich vor dem Krieg in Deutschland alle grün waren? Da gab es doch auch Abstufungen in der Sympathie zwischen Preußen und Bayern und anderen.

Die Zukunft jedenfalls, die findet zum Beispiel bei uns in Leipzig in der Universität statt. Dort sind die Kommilitonen eben aus Konstanz oder Chemnitz, aus Thüringen oder Hessen. Kein Mensch spricht dort noch von „Ossi“ oder „Wessi“.

Die sind schon längst über den Berg, auf dem manche noch herumkraxeln.

Blick nach vorn

Die Zukunft klopft ans Tor.
Wer getraut sich zu öffnen?